아침달 시집

8월의 빛

박시하

시인의 말

빛보다
더 어두운 걸 본 적이 없다.
지나간 날과 지나갈 날 사이
대답할 수 없는 질문이 늘어간다.

그럼에도
사랑하는 존재들에게
죽음이 멀리 있는 일종의 희망이며
사랑은 가까운 절망이라고

내내 말하고 싶었다.

2023년 여름의 문 앞에서
박시하

차례

1부
꽃은 언제나 진심이야

2부
기억해 살아야 한다는 걸

3부
거꾸로 내리는 눈

부록

1부
꽃은 언제나 진심이야

페퍼민트

누군가와 입 맞추기 전에
슬픔을 꺼내어 영혼을 씻었다

소풍

여린 나무가
아이의 손을 잡고 온다

모두 그 애가
그를 닮아

이마가 아름답다 여긴다

사방에 흰 꽃이 가득
봄날인가

우린 버스에 타고
소풍을 가는데

골똘한 얼굴로 고속도로를 걷는 사람

위험하지 않을까

위험하지 않은 사랑은 없어

꽃잎이 날려
시야를 가린다

그는 보이지 않고
아이의 이마도 보이지 않고

산딸나무 흰 꽃
피어난다

꽃은 언제나 진심이야

정말로 꽃이 그에게
안식을 주기를

하얀 이마들이 당도하기를

그러나 이걸

말로는 줄 수 없다

소풍이 끝났으면 좋겠다고

사랑의 언어

어느 날 꿈에서
마르그리트 뒤라스가 말했습니다

나는 당신이에요
몰랐나요
지금까지도?
그토록 많은 날들이 지나가고
수없이 말을 걸었는데

어느 날 꿈에서
마르그리트 뒤라스는 다시 말했습니다
나는 당신이기를 멈추었습니다
몰랐지요?
함께인 것도 몰랐으니

참으로 무딘 사람

사랑은 결단코 알지 못합니다

모르기에 사랑했다
사랑하기에 알 수 없었다

당신이 나이든
내가 당신이든

무덤처럼 외로웠어

마르그리트 뒤라스는 그 뒤로
꿈에 나타나지 않았습니다

마르그리트 뒤라스는 어떤 얼굴을 가졌을까

생선의 가시를 발라내듯
섬세하고 단호하게
가장 가느다란 붓을 든다
그리려는 게 아니다

안다고 여겼던 얼굴에서
눈을 지우고
코를 지우고
그늘진 입술만 남기려 한다
백 년이 걸릴 것이다

모르는 사람을 사랑했지

마르그리트 뒤라스는 알고 있을까요
나의 폐허를
상흔을
소멸을

비명은
무덤 속에 있고

당신이 듣지 못해도
괜찮습니다

주소

평생 외로울 거야. 누구도 사랑하지 않을 거야. 넓고 반짝이고 멈추어 있는 초록의 바다 괴물을 보았다. 파도는 질투하고 질타하고 방관했다. 주소엔 정처가 없다. 기억나지 않는 어린 마음이 반짝이고 멈추어 있는 초록의 바다 괴물이 되었지.

잠들지 못하게 하던 어둠이 나를 지탱한다. 형태를 갖추었으나 그를 투과한 빛이 만든 그림자는 일그러진다. 정처는 수면에서 삼십 센티만큼 밀어내고 없음은 수면과 아주 떨어지지는 못하게 한다. 그래서 주소는 수면에서 삼십 센티만큼의 우주. 누구도 가까이 오지 못하는 엄청나게 먼, 초록의 어둠 속, 손을 뻗어도 갖지 못하는 아이들.

떠나 있으면서 떠나지 않는 고도의 기술. 편지를 써볼까? 나는 폴란드 말을 모르고 초록의 어둡고 반짝이며 멈추어 있는 바다 괴물에게는 말이 없다. 주소만 있다.

일그러진 그림자를 오려 붙였다. 훌륭하고 아름다운 어둠이 완성되었다. 어둠을 보낼게. 초록색, 일그러지고 반짝이는 우주를 보낼게. 평생 외로울 거야. 누구도 날 사랑하지 않을 거야. 그래, 그것이 너의 주소란다.

얼음노래

술을 마셨다
단란하게 취했다
s는 애인이 까다롭다고 불평했다
모양을 바꾼다고 의미가 달라지지는 않지
맞장구를 쳐주었다
한 사람은 그림자였다
차갑지만 숨은 쉬고 있었다
그림자의 어깨에 업혀
집에 갔다

계단을 오르니
옥상이었다

입을 벌려 숨을 뱉어냈다
하얀 김이 나왔다
들리지 않는 노래
모르는 집에서 울려 퍼지고

노래 좋구나

아무도 우리 노래 못 듣는구나
그래서 좋구나
그림자가 박수를 쳤다
얼음 찰랑대는 소리가 났다

깃털처럼 눈이 내렸다

우리의 혀는 차가워
노래가 얼어붙고

음절들은 흰 결정이 되어

조각조각
부서졌다

멈추지 말자

입술이 얼 거야
모든 노래가 얼음이 되면
마음은 어떻게 되니
얼어버린

＊ 깃 ＊ 털 ＊ 하얗게 ＊ 나부껴 ＊

＊

＊ ＊

＊ ＊ ＊

＊ ＊ ＊ ＊

＊ ＊ ＊ ＊ ＊

＊ ＊ ＊ ＊ ＊ ＊

검은 별들이 낙하하고

하늘로 이어진
은빛 계단
가장 뜨거운 눈

은행나무

십 년 더 살게

내년까지만 살 생각이었는데
십 년 더

사는 일이 괜찮은 적 있었냐
묻지는 못하겠어

벗겨진 살에 소독약이 닿을 때
아픈 걸 참는 일처럼

아문 상처 위에
또 생채기가 나는 일처럼
너는 안 괜찮은 사람

많은 사랑을 지고 있는 사람

말해버렸네

아이가 상품을 자랑하듯이

내 상은 열두 색 지구색연필이야

십일 년 남았어

못된 자랑을 늘어놓고
집에 가는 길
울다가
은행을 밟았다
구두에 냄새가 밸 텐데

고약한 열매들

발 디딜 틈이 없었다

🌙 사랑이 무어냐고
물으신다면

나무가 뚝뚝 흘린
은행이라고 말하겠어요

눈물이라고는

죽어도
말 안 하겠어요

imago

놀이공원에 왔다

까마득한 파랑 노랑 빨강 초록 마음이 다 부서진 여자 아이

회전목마를 부순다 수많은 조각을 이어 붙인 끔찍한 아름다움, 아이들, 그 여자아이들!

검은 옷 흰 얼굴 흰 실 검은 공 미로에 미로를 덧붙여

공연이 시작돼도 하혜희는 말을 안 한다 말을 안 하면 아무도 안 웃어 어쩌다 여기 왔어?

혜희가 웃는다 정작 네가 웃어버리다니 주문처럼 기다란 기도처럼

하하하혜희하하하혜희 하하하혜희하하하혜희

공이 굴러간다 커다란 고치 안에서 자기 살 뜯어 먹고 껍질을 찢는

말간 눈 아이들 파란 날개 슬퍼서 반짝이는 공

숨어 우리가 날아가기 전에 세계가 찢어져 혜희야 혜희야 하늘에 금이 간다 여러 줄 흰 선 접힌 날개 섬세한 실마리

맺힌 눈물 타버린 말 후드득 쏟아지는 젖은 이름들

살아가는 법은 다 흘리고 와야지

흩어진 노랫소리 검은 치마를 찢어 불붙이는 소리 모두가 타오르는 공

흰 절벽 나란히

슬픔이여 안녕

쥐고 있던 슬픔이 멀어지네

되뇌던 울음
되뇌던 갈매기
앞서가던 파도
앞서가던 눈물이

나를 끌고 가던 무엇이

슬픔이 사라지는 슬픔

눈을 깜박이면 안개가 내리고
너의 말이 한 방울
떨어져 이마를 타고 흐른다

안개의 바닥을 들여다본다
찰박이는 소금물이
밤의 결정을 만들고 있다

나를 먹어버릴 듯 밀려오던 거대한 밤이

멀어지네 지워지네

우물이 마른다
남은 빛이 불모의 땅에서 번쩍인다
분화구에서 연기가 피어오른다
이제 끝인 건가

알고 있어
고양이의 뾰족한 귀
새의 가뿐한 날갯짓에도
그림자가 달렸지

나를 먹어주세요
먹어버리세요

기꺼이 살과 뼈를 내주고 나면

슬픔이
그립지 않게 될까요

심장에 재가 날려
핏물이 방울방울 솟아
가끔 핥아내야 하지
쪼그라든 마음이 펴지도록

분홍빛
쇠의 맛이 감도는 혀끝으로
당신은 푸른 달빛처럼 멀다고

꼭 쥐었던 손을 펴면

멀어지는 슬픔이여 안녕

흰 꽃 검은 열매

버찌가 떨어진다 점점이 핏자국
여름이 찌른 칼
봄은 상처를 입고 초록이 무성해진다
찬바람이 분다 여름은 시름시름 앓는다
가을이 죽어가는 여름에 물감을 칠하지 찬란한 붓이 한
기에 얼어붙어
가을도 낙엽을 남기고 죽는다
겨울이 눈을 뿌린다 하얗게 하얗게
얼음이 녹으면 겨울의 숨 끊어진다
겨울이 남긴 눈물샘에서 다시 조그만 싹이 자라고
벚꽃이 꽃잎을 피워낸다

눈부신 사랑

흰 꽃잎은 검은 열매를 위해 비처럼 떨어지고 계절이
죽음을 향해 가는 매일 나는 당신을 사랑하지 죽어가는 일
이 사랑이라서 우리의 검은 열매는 어떤 길에도 남지 않고

나무 그리기

나무를 그려달라고 했다

자꾸만 나를 쫓아왔다
이승철이
왜 느닷없이 나무를 그려달라는 건지 내가 나무를 잘
그린다고 믿는 눈치다

나무는 두 동강이 나 있었다
죽었구나 불쌍한 나무

그런데도 초록색 잎을 달고 있다니
내가 그리면 나무가 살아날 것 같나요

죽은 나무를 그려달라고 하지 말아요

이승철에게서 벗어나고 싶었다 나무에게 미안했다 눈
물이 쏟아질 것 같았다

죽음은 살릴 수가 없어요
죽음이 살아 있는걸요

이승철은 슬픈 표정을 지었다
슬픈 사슴같이
울게 되겠죠

그릴 수 없는 나무가

동강 난 가지에서
초록 잎을 떨구는 동안

노래도 시도 할 수 없는 일이

너무 많아서
하나 그리고 둘

백만 개의 잎이 죽어서

틈, 입

시퍼런 밤하늘에 뜬 입

낮의 머리와 질긴 손가락을 삼키고

별빛보다 빠른 그림자를 삼킨다

굵은 동아줄을 뱉어낸다

해묵은 고백

참빗처럼 겹겹이 늘어선

하얀 혀

유리 조각 발의 리듬

스텝이 긴 질문

잠든 얼굴에 깃든 추운 표정

늙은 밤

솟구치는 흰 침

길어진 목젖

쩌렁쩌렁 울리는 비명

희디흰 즙이 가득한 푸른 심장

안의 안

너를 삼킬 때마다

벌어진다

아침

2월은
새의 말
다가가기 힘든 사람의
옆얼굴
싸늘한 어깨입니다

손을 올리려다 마는

비를 알리는 바람
열린 커튼을 흔들어
죽은 꽃들이 춤을 춥니다

안부를 물어도 되겠습니까

망설임은 전선처럼 위태롭고
새들은 조용합니다
창밖으로 전투기가 지나갑니다
묵음의 폭격

누군가

침공당한 도시에서 통곡합니다
벽들이 수없이 허물어져
거세게
등을 때립니다

먼지가 피어오릅니다…

우리는 말없이 깃털을 다듬고
나뭇가지를 물어 집으로 나르지요

이제 지구는 날지 않는 것일까요

오늘도 달의 중력이
바다를 끌어당기고 있을까요
멈추지 않는

과연 무엇입니까
살아간다는 일
흘러간다는 일

빛나지 않는 달의 조각이
날아와 박히고

간밤 서럽던 파동들을 씹어 삼킵니다

새들은 왜 조용한가요
피가 도는데

브라키오사우루스 브로콜리

그는 자신을 '초식동물' 같은 가수라고 소개했다 과연
노래를 풀만 먹은 사람처럼 불렀다

그는 유명했다 누구라도 유자차를 마시거나 브로콜리
를 보면 그의 목소리를 떠올릴 만큼 그렇지 덕원 씨가 상
당히 유명한 사람임에는 의심의 여지가 없지

비쩍 마른 그는 정글에 들어가보려 한다고 했다 정글에
서 맹수라도 만나면 한 입 거리도 안 되게 생기셨지만 말
리기엔 늦은 듯도 했다

뚜벅뚜벅 힘차게 무대를 떠난 덕원 씨가 그대로 정글로
가서 잡아먹힐까 봐 잠이 안 왔다 까무룩 잠들었을 때 브
라키오사우루스가 정글에 들어서는 모습을 보았다

거대한 몸과 긴 목

경악한 나는 안경을 쓴 공룡이 눈을 찡끗하는 걸 보고

깨달았다

　브라키오사우루스의 긴 이름을 내가 어떻게 외우고 있
는지 모를 일이지만 아무튼 덕원 씨는 백악기 초기에 존재
했던 한 마리의 거대한 공룡이었다 몸길이가 25미터이고
목이 길지만 풀만 먹었던

　그는 20세기 말에 인간으로 태어나 21세기 초에 걸쳐
유자차를 부르는 가수가 되었다 느닷없이 티브이에 나와
서 부른 그의 노래가 거대한 화석처럼 뇌리에 남아 있다

　인간이 사라지고 공룡들이 다시 지구를 점령할 미래에
연구자들은 인간이 남긴 보잘것없는 문명의 흔적 가운데

　음반 하나를 발견하겠지

　그들은 음악을 해석하려 애쓰지만 이해하지 못할 텐데

한 공룡이 이런 의견을 말하는 것이다
　보편적이란 말이 자주 나오네. 용기라는 뜻 아닐까?
　하긴 이 음악을 들으면 어쩐지 용기가 나.
　인간 목소리는 너무 작긴 하지만 그 말엔 나도 동의해.

　그래서 그들은 인간 박물관에 브로콜리 조형물을 만들고
보편적이라는 이름을 붙였다

　어린 공룡들은 조그만 보편적을 보고 깔깔거리고 웃었
으며 어른들은 그것이 용기 있게 생겼다고 생각했다

　보편적은 인간들이 용기 있었다는 증거야

　어른들은 아이들의 긴 목을 쓰다듬으며 말해주곤 했다

　덕원 씨에 대한 이야기는 그러니까
　멸종해가는 인류가
　아름다워질 어느 날에 대한 꿈이라고 할 수 있다

나는 따스한 유자차를 한 잔 만든다
우리의 보편이 식지 않기를

덕원 씨가 정글에서 살아 돌아오면

언젠가 용기에 대해서도 불러주기를 바라며

개에 관한 짧은 소고

큰 비가 왔다
개와 함께 뛰었다

유월이었다

예고 없던 폭우가
우리를 적시는 나날

산책을 한다

개와 함께 잔다
아침을 맞이하고
대화를 나눈다
너의 소망은 무엇이니

개는 말없이 질문을 돌려준다

외딴 행성 위

어떤 그림에도 개가 있는 거야

이렇게 큰 비를 맞는 건
태어나서 처음인 것 같아
유일한 소망이었던 것처럼
기쁘다

개도 그렇다고 말한다

사람들과 길 차와 가로수
꽃집과 빵집과 약국이 희미하다
멀어졌다 사라졌다

우리 둘뿐이야
젖고 축축해!
최고 속력으로 달려!

비가 그치지 않네

영영 둘이서
개와 나 둘이서
쏟아지는 빗속에 갇혀

빨리 가자
갈 데가 있을까

개는 눈물을 흘린다

어디로든 가야 하는데
개가 우는데

집이 있던가

오래 뛰었는데
계속 젖기만 하고

심장까지 빗물이 차오르고
혈관에 빗물이 흐르고

비 말고는 아무것도 남지 않았어

우리는
함께 추워진다

슬픈 달조차 뜨지 않는 밤
뼈가 녹아가는

비 오는 밤

버려졌고
젖은 떠돌이가 되었다

개가 짖는다
나도 따라 짖는다

2부
기억해 살아야 한다는 걸

경주

기차를 타고 갔다

가는 동안
역사가 바뀌었다

새파란 플라스틱 의자처럼
강물이 놓이고
연두색 지붕이 있고

경주에 강이 있어

강변에 집이 있어

집에 가니 딸과 아들이
바뀌어 있었다

한없는 사랑을 받았다

약속이 없는
무너지는 마음으로

새파란 시간을 휙
건너뛰었다

거꾸로 흐르는
그림 사람
정지
숨 막히게 큰
강물

이해가 안 되어서 정말 좋았다

오해가 봉긋해서

나무들이 울면서 키가 크고
봉긋 부풀었다

바꿀 수 없는 것들을
다른 세계로 가지고 갔던 거야

아프지 않은 당신
경주에 살고 있다
잘 죽어 있다

어린 딸과 울지 않는 아들과
영원토록
강변에서

나에게만 보낼 수 있는
새파란 상처

강물이 오래오래 흐른 뒤

경주에 있어

키가 컸어

자꾸 뭘 잊어버린 기분이 들어

봉분 위에서

뒤바뀌는 우리
영원히
반쪽 얼굴

어제

녹슨 터널이 뚫린
탄광에서
까만 아이들을 낳고
병을 앓는다
어둠이 나를 초과한다

여자가 얼굴을 그렸다
안경을 썼는데도 발견하지는 못했다
어깨에 걸친
찢어진 날개를

탄광은 어두워
레일 위를 날아 터널을 통과하면
그릴 수 있겠지
석탄가루 같은 어제
부스럼 같은 내일

우리의 흰 날개는

똑같이 더럽다

모든 사랑에는 광기가 있고 모든 광기에는
이성이 있다고 그는 말한다

1.
어머니와 함께
검은 소 한 마리를 몰고 갔다
논두렁길이었다

먼 길 걸어 도착한 집
소는 매어두었나

한 숨 쉬며 돌아보니

툇마루에 줄무늬 호랑이가
두 마리나
앉아 있었다

아늑한 집이구나

느긋한 호랑이들

다정히 바라보기에
가까이 가보았다

이글거리는 노란 눈빛 아름다웠다

한 마리가 덥썩
품에 안겼다
나를 안아주었던 건가

사랑하는 느낌이 들었다

어머니
집 참 좋네요

어떤 근심도 없는
호랑이 두 마리와 검은 소와

어머니가 내어준

삼색 나물 한 접시

나는 왜 집을 떠나
여기에서
없는 사랑을 찾고 있을까요
집집마다 장미가 시들고
소가 핥은 앞머리가
백발이 되도록

어머니는 잘 계시는지
검은 소와 두 마리 호랑이는

아주 먼 곳이니 다시 찾아가기는
어렵겠지요

갈 수 있을까요

이번엔 돌아오지 않을 겁니다

2.
어머니

내 전생의 애인

당신은 또 어디에서 버려져
산 채로 묻혔나요

아주 먼 곳인가요

기묘입자

○

빗소리를 보려고 어둠을 응시하는 밤

○

내가 사람을 상상하는 유령은 아닐까 의심하는 까닭에

○

눈물이 흐르지 않아

○

당신은 유령 이야기를 싫어하지 나는 유령이 좋다 구천에 남은 유령들에겐 사람이 잘 보이지 않는다 기억은 희미하고 오직 무거운, 남겨두고 온 삶의 잔상, 그 흐린 것이 유령을 사람 곁에 어른거리게 한다 유령의 시간은 흐르지 않지 사람은 강물이 흐르듯 어디론가 흐르고 눈물도 잘 흘린다

○

미루는 게 싫다

○

그게 죽음이라도

○

어디선가 흰 커튼이 펄럭이고 누가 이불을 터는 소리가 들린다 이불을 털다가 놓쳤을 때 그 이불을 잡으려고 하면 베란다에서 떨어지게 된다

○

왜 이불 따위를 잡다가 죽었을까 이불이 목숨보다 중요 했을까 생보다 그 이불이 더 비쌌을까

○

유령은 이야기를 안 하니까 유령의 이야기는 존재하지 않지 유령 이야기는 사람이 제멋대로 상상한 것일 뿐이다 유령들이 듣는다면 흐르지 않는 안개 속에서 당장 뛰쳐나올 거야

○

유령은 무서운 것이 아니야

○

언젠가 유령의 눈과 마주쳤을지도 모르지 나도 유령도
서로를 알아보지 못하는 건 슬픈 일

○

내가 슬퍼하는 한 유령을 이해할 수는 없다

○

빗소리가 멈추었다

○

유령은 아직 곁에 있다

○

공간을 접으면 그리움의 깊이는 제곱이 된다 그리움엔 질량이 있는데 너무 깊어질 경우 서서히 그 질량의 무게는 중력을 벗어난다 양자가 서로 충돌하는 것이 순전히 우연이라면 우연에 의해 법칙을 만들어 세운 문명이 우연히 무너질 확률은 99퍼센트일 거야

○

서기 이천이십이 년 사람들은 유령이 있는지 없는지도 모르면서 저마다 흐르기를 멈추기 시작한다 어디론가 끌려가기는 한다 흰 마스크를 쓰고 끊임없이 서로를 감염시키면서

○

기묘한 일이지

○

당신이 나를 잊어서 슬프다

○

내 잔상이 당신에게 있어서 슬프다 결국 유령이 나였는
지 당신이었는지 아무도 기록하지 않는다

○

번개가 치듯 슬픔이 어둠을 환히 밝힌다

○

시간은 미루지 않는다

○

유령들만이 영원히 유예하는 것들이

○

빗소리에 섞인다

○

도둑

슬픔을 훔쳤다

채워지지 않는 구덩이에
투명한 금화를 묻었다

탐욕에 빠졌지
만족을 몰랐지
주세요, 제발 주세요
주렁주렁 늘어뜨린
휘황한 착란

얼음에 갇혀
불타는 성을 본다

이 추위는 저주일까 축복일까

허밍을 부르면 혼날지도 몰라
나지막이

눈이 내린다

새의 영혼
시간의 재 가루
벌을 받는 사람

움직이지 않는 사람
칼날을 내리치는 사람
더 크게 우는 사람
구원을 거절하고
거절을 구원하고

분명히
발아래를 보아야 한다
투신 없이
죽음을 꿈꿔야 한다

버려진 기억의 틈으로

망각이 내린다

쌓이지 않는 5월의 눈

너무 많은 사랑

■ 딸을 사랑했습니까

■ 당신이 음식을 만들게 했다 말하였어요 너무 많은 기름진 것을 고기와 기름으로 가득했다고요

■ 딸은 그것을 사랑이라 믿었나요

■ 딸에게 고기를 빚어 방마다 늘어놓게 했잖아요 딸이 음식을 삼킬 때 당신은 옆집 여자와 흥정하며 딸이 잘 크고 있다 자랑스럽게 욕보였나요 골목마다 완자 조각을 토해놓는 딸을 내버려두었나요

■ 다시 묻죠 딸은 그것이 진짜 사랑이라 믿었나요

▷ 노란 피처럼 선명하게 천사들이 종을 울리고

▷ 딸들은 완자를 빚어야 해요 물려받은 고통을 피우기 위해 너무

▷ 많은 너무 많은

녹슨 자전거는 사라지지 않는다

1.

로이는 희고 날씬했죠
3년을 함께했지만 감쪽같이 사라졌답니다

레니아를 보고 싶어요, 얼마나 사랑스러웠는지
그즈음 더 아름다웠거든요 달빛에 반짝이는 물결처럼…

어둠의 세력에 대한 소문은 순식간에 퍼졌다
사람들은 자전거의 이름을 지우고
굵은 사슬로 묶어 창고에 가둔다

문득 봉봉을 본다
십 년간 떠나지 않은
초록 몸 붉은 녹
나의 봉봉

그를 타고 달린다
삐그덕삐그덕

거리의 자전거들을 지나친다
비바람에 바퀴가 떨어져 나가고 손잡이가 구부러진
웅크린 자세

돌아오지 않아
버려지기 전에 사라진 거니까

어둠의 세력?
버려지기 싫었을 뿐이야

너를 버리지 않아, 봉봉

킥킥
나는 이미 녹슬어서 어디에도 안 가

녹슨 자전거를 사랑하는 사람들이 있지
버려진 사람들이야
우리가 사라지지 않는 건 그들을 위해서야

2.
하늘은 어둡고 회색 구름이 떠 있다
심장에 손을 대본다
녹슨 심장이
삐그덕삐그덕 달린다

녹슨 심장을 가진 사람들이 있지
어딘가 녹슨 나라가 있다면

녹슨 태양 아래 녹슨 바다와 녹슨 새가
불그스름한 합창을
버려진 이들의 쉰 음성으로 부르겠지

영원히 잊히면서 말이야

밤바다

밤의 모래밭은 희더라

바다는 검은 옷을 입고 몰려와

흰 손을 흔든다
흰 손수건을 날린다

안녕 안녕 안녕

어서 오라는 걸까
어서 가라는 걸까

사람의 형상을 한
흰 요괴들이
검은 물로 뛰어든다

밤의 모래밭엔 궤적이 가득해
누가 이렇게 많은 발자국을

지우지도 않고
찍어놓았나요 부끄럽게 그냥 떠났나요

이봐요
죽으면서 흔적을 지우고 갈 수 있습니까?

이게 다 묘비라고요?
이 짓뭉개진 모래알들이

나는 무서워서 울기 시작한다
아니다 오래 울던 울음을
뚝 그친다

눈물이 바닷물과 염도가 같으면 어쩌려고
우리는 모두 바다의 자식인데

잘도 잊었구나

그때 바다의 손짓을 이해한다

사랑을
잊고 싶습니다

산양

얼어붙은 대기 속에 총대를 메고 서 있다.

별들이 나보다 분명하다
깊고 검은 숲
지킬 것을 갖고 있지 않다
지켜보고 있을 뿐

비밀이 빛을 낸다

총을 쏘지는 않을 것이다
먼 미래에 본 길이
입김을 뿜으며
타박타박 걸어온다

어떤 한가로운 혼령인가 이런 밤에
내 앞으로 걸어 지나갈 것은

검고 커다란 짐승이 나를 바라본다

당당한 뿔을 보라는 것이다

지나간 날보다 지나갈 날이 많구나

동굴 속에서 말이 들려온다
설핏 잠에 빠졌을지도 모르는데

생이 모두 빠져나간다

타박타박
비밀이 떨어지고

슬픔이 숲으로 돌아간다

무게 없는 밤.

목욕탕 귀신

목욕탕 물에 빠져
죽은 적 있다
발을 헛디뎠을 뿐인데
물이 나보다 키가 컸다

모르는 아줌마가 죽은 나를 꺼냈다

다시 태어났으니
침례를 받은 거였는지도
그 이후론
종종 다른 여자의 등을 밀어주었다

사람 몸에서 때가 이렇게 많이 나올 수가 있나

어쨌든 저 할머니는
깨끗해졌다

나는 깨끗해진 것 같지 않다

아직도 등에서 때가 나온다
그렇게 오래 밀었는데

어쨌든 이제
키가 욕탕 물보다 작을 일은 없으니
침례를 받을 수는 없고

죽을 수도 없고

계급 없는 등을 만지며
때를 밀지도 않는다

(할머니 등이 참 예뻐요)

내 등을 박박 밀던 할머니의 손힘이
그럭저럭 남아 있다

과연 그 할머니가 누구였는가

죽어도 모를 일이다
지금쯤 귀신이 되었을 텐데

깨끗한 귀신으로 태어났기를
적어도 등에는
때 없는

목욕탕에 있으면
영문도 모르고
죽었다 깨어나곤 했다

모두 알몸으로
혼령이 되어 앉아 있으니

사람의 알몸을 보면 영혼이 보인다는 걸

일찌감치 알았어야 했다

내 귀신이
그 탕에 아직 남아 있어

사는 게 곤란하다

아아 따뜻해
숨을 내쉬지만

불쑥 쑥 향이 맴돌 땐
현기증이 나기도 하는 것이다

물 밖인가

산 사람인가

반지와 열쇠

학교에 갔다

수업을 빼먹고
독서실에서 책을 읽었다

수위 아저씨가 불렀다
누가 너희를 학교에 들였지?
무서운 얼굴로
반성문을 쓰라고 했다

너의 반성문에는 피가 흥건했다
오래 살았구나?

내 반성문에는 어둠만 가득했다

너도 나만큼 살았잖아

울컥

심장에서 흘러나온 어둠이
백지를 물들였다

곰팡이가 푸르게 피어나고
빠르게 자라난 붉은 녹이
우리를 덮어

도망쳐야 했지만

수돗물을 틀었다

검은 물이 콸콸
손이 빨갛게 타오른다
뭘 했기에

나이가 들었지

손가락에 낀 반지가 빠지지 않아

울면서 목에 걸린
목걸이를 본다
아득한 슬픔이 걸려

심장을 찌른다

열쇠 구멍이 없는 열쇠

손이 썩는다

우리는 얼싸안고
그래

우리 죽었지

천 년도 더 전에
수위 아저씨도 아이들도 선생님도

먼지가 되겠네

말할 입이 무너져 내리고

안녕 학교 안녕
우리의 생

두 개의 먼지 무덤 위
반짝
햇살이

너의 반지와
내 열쇠가

몰락한 가문의 인장처럼
아름다운 묘비처럼

슬픔

목이 길다

낭만 없다
살과 뼈가 찢어지고 부러지지 않는다
피 흐르지 않는다

먹어도 먹어도
입에 가득 차지 않는다

씹히지 않고
삼킬 수 없다

빚에 시달려 칼로 사람을 찌르거나
스스로 죽는 비참도
아니다

아무것도 아니다

기린의 눈처럼
덜컥
존재한다

불 없이 활활
타올라
집 몇 채쯤 재로 만든다

그러니까

꽃이 시들어
바람에 흔들리고

죽은 새가 바닥에 누워
하늘을 기억할 때

깃털과 내장이 엉긴 몸
아스팔트 위에서 벌레에 뒤덮일 때

그 눈에 하늘이 담길 때

빛난다

그렇게 죽기 싫어
눈을 돌리지

썩은 새가 미운 거니

하늘을 얹은
페이스트리

색조를 부르는 노래
노래를 상상하지 않는

사
람

당신이 본 게 사람 맞아요?

그림자도 없는 게
쌓여 있다니요
차곡차곡
하늘에 가득한

시든 꽃
죽은 새

유리 조각

푸르른 손

무지개가 지워진다는 사실

타는 꽃

철쭉이 기를 쓰며 피는 동안
꽃잎이
쪼그라들고
떨어지는 동안

기억해 살아야 한다는 걸↴

하늘 색깔이 변하는 동안
하루가 천 년이 되고 천만 년이 되는 동안
개와 산책을 하는 동안 노을이 번지는 동안
다시 능소화가 우는 동안

너는 아프고

나는 무엇이 아프지 않은지 세었다

이른 태양의 열기에
꽃이 탄다

우린 뭔가 먹기를 멈출 수 없고
메에에
흰 염소가 울고
까아악 깍
까마귀는 매일 울고

뼈가
녹아내린다

너의 흰 등
나의 태연한 얼굴
불붙어 타오르는

그 많던 별은 다 어디로 갔을까

이 별에 사는 까만 죽음들은
어디로 갈까

너의 등이 펴진다

내 눈은 희어진다

🌙 앨리 스미스, 『호텔 월드』.

3부
거꾸로 내리는 눈

네 개의 손을 위한 협주곡

아픔을 잊기 위해 달리는 사람

별빛이 달린다

손들이 달린다 스무 개의 손가락이 대지를 밟고

흔든다

폭발음

빛의 아픔

스스로 터질 수 있다

나는 달린다
너에게로

아픔, 친애하는

혜화동에는 은행나무가 많지요

노랗게 물든 잎사귀 뚝뚝 떨어진다
나무가 운다

나무는 오래 살아왔고
때론 두꺼운 나무껍질 너머
살아 있음의 아픔을 맡았습니다
껴안아준 적은 없어요

나무들이 나를 모르듯
나무를 모릅니다

붙박인 자리에서 울고 있을 뿐

당신의 아픔을 모릅니다
그러나 맡아왔습니다

오래 이어진 아픔

껴안아주지 못하는
모르는 아픔

그 두꺼운 모름 너머

친숙하고 친애하는 아픔

이젠 당신이 아픔인지
아픔이 당신인지

먼 나라에서 피 흘리는 어린 얼굴이
바닷가에 떠밀려 온 플라스틱이
당신처럼 보여요

노란 은행잎을
뚝뚝 흘리는 당신

아픔을 사랑하는 무간지옥에서

우리는 가끔
노랗게 웃었고
아마도

죄일 겁니다
더럽게 친숙한 영혼의 집

핏자국 가득한 거리

쓰디쓴 꿀

언어격자

커다란 집을 둘러본다

                              말로 만들어진 우주

펼쳐지는 격자무늬 바닥
타일 하나하나
다른 말들이 쓰인다
시시각각 변하는

                                        사랑이

빈 욕조에 물을 틀었다
수도꼭지에서 검은 나비 한 쌍이
빠져나와
재빠르게 획을 그었다
펄럭였을 뿐인데

샛노란 소국이 피어났다

언어의 마법

노란 빛이 넘쳐
바닥으로 폭포처럼 흐르고
집 안에 가득 찬다

격자 모양 우리

　　　　　　　　　나란히 있지만

다른 방향을 보고 있다

한 눈은 삶을

　　　　　　　　　한 눈은 죽음을

사람을 찾습니다

그는 남자거나 여자 혹은
남자도 여자도 아니다
그는 백 일째 씻지 않았다
그는 니체를 읽은 다음
사르트르를 집어 던진다
그는 어제 토했지만
오늘은 그럭저럭 먹었다
그는 아무렇든지 나와 이야기를 할 수 있다

사람을 찾습니다

나는 그의 외양을 설명할 수 없다
전단지에 무엇을 써야 할까?

예측 불허의 덩어리

라고 쓸까?

사람이 아닌 사람들은 저녁이면 거리에 앉아
종말의 다리를 씹는다
퇴잇
몰락의 살점에 섞인 뼛조각을 뱉어내며
더러운 물에 알코올을 섞어 마신다

서서히 다들 죽는 중
죽는 줄 모르고 죽어가는 사람들 사이에
그는 있다
나와 이야기를 할 사람
누구와든 이야기를 할 사람
죽어가는 별에 대해
행성의 끊임없는 노래에 대해

그를 찾고 있다

아침 식사는 거르고
점심에는 대로를 활보하며
문명을 비웃기 좋아하는 사람
인간이 쌓은 탑들에 해가 들면
그는 저녁 빛을 받으며
구름이 얼마나 아름다운지 말할 것이다

그는 추락하는 것을 사랑하는 사람이다

우리는 모두 추락한다
하지만 높이 비상하는 것을 바라본다고

볼 수 없는 걸 봐

우리 사이에 끼인 뼛조각

그와 이야기를 하고 싶다

그는 나와 이야기하지 않을 수도 있다
존재하지 않을 수도 있다

모레 도착하는 사람
영원히 오지 않는 모레

영원히 뭉쳐지지 않는 모래

나는 술을 토하며
종말을 그리워하며
이야기를 하고 싶다
낙관론자를 비웃으면서 내일을 기다리는 사람처럼

어느 밤 그가 내 창을 두드린다

사람을 찾습니다

감은 눈

등지고 앉았다
침대와 벽 틈에서
흐려졌다

벽에 걸린 액자 속
사랑의 시큼한 재 가루
숲 냄새
펑펑 울던 기억

그리고 굳게 닫힌 한 쌍의
감은 눈

숨을 뱉지 않는
눈의 빛

견딜 수 없다
유일한 눈을

유령이 아니야
영혼이야
인형이 아니야
움직이는 정신이야

몸짓이 살아나지 않아

나를 보지 않아

여전히
감은 눈

4월

양 울음소리

비로 내린다
차가운 바다를 폐에 담고

입을 못 열고 운다
흰
양들이

하늘에서 뚝 뚝 뚝
커다란 목련 꽃잎들이
쿵 쿵 쿵

양 한 마리
양 두 마리
양 삼백네 마리…

입을 열어도 말이 안 나와

아으아아으아으우

바다는 모든 걸 삼키고

구름이 왜 양 떼처럼 보여?

흰 포말
양털이 날리는
4월

양들이 울지 않는다
흰 기억을 덮은

검은 땅

8월의 빛

아빠는 서울행 기차를 타고 왔다

커피를 한 잔 사달라고 했다
커피 마시는 아빠는 처음 봤다

한때 아빠는 화를 잘 냈다

이번엔 불쑥 푸른 시집과
붓을 꺼냈다

그건 왜요?
시집에 물감을 왜 발라요

이걸 아직 못 읽었거든

물감을 칠하면 글자가 보일 거다
봐라, 여기
떠오르지

그 시집은 아빠에게 드린 것이다

새하얀 얼굴로
관 속에 누워 있던 아빠

푸른 시집을 들고 커피를 한 모금 마신 다음

은빛 물감을 쓱쓱
까만 글자가 지워지고
은빛이 떠올라

거꾸로 내리는 눈

아빠는 내가 태어난 팔월에 죽었다

날 앉혀두고 가는 아빠 등에서
반짝이는 글자들

안녕, 잘 가요
손을 흔들었지만

빛은 떠났다

2031

그 해
베를린 장벽을 만지기로 했다
정확히 2월 22일 오후 두시에

그리고 라인 강변을 걸을 것이다

홀로코스트의 흔적을 밟으며
영혼들을 위로할 생각이다

맥주는 권하지 않기를
휘청거리는 늙은 여자가
라인강에 빠져 죽을 수도 있다

시신이 강에 떠오르는 광경은
빛나지 않을 것이다

국적 없는 이방인이 되어
화장장에 들어가고

하얀 가루가 낯선 땅에 뿌려질 텐데

말도 안 통하는 나라에서
이름 없는 시인의 가루로서

강물에 실리고 싶지 않다

누가 심장을 푸른 병에 담아 와서
태어난 도시 어딘가에
묻어주면 좋겠다
기념비는 바라지 않지만
묘비명은 있어야지

이름과 생몰연도가 적히겠지
그건 시적이지 않은데

시적인 묘비명을 꼭 가져야 하나

안개가 끼고
풀꽃이 자라나는 곳에 있으면 되는데

2031년에 라인 강변을 걷는 일은
이루지 못할지도 모르지만

화학자는 수용소에서 살아남아
인간에 대해 질문을 던졌다
답은 있을까
반제 빌라에서 궁리를 해보고 싶다
(영혼들이 말을 걸어오길)
(사각거리며)

시는 대체로 죽음을 부정하는 방식으로 쓰인다

누가 알겠는가
가뭇없이 세상을 떠안고 가는
저 미세한 입자들이

살았는지
죽었는지를

무너진 베를린 장벽은
아직 단단하지

그 해에도
그럴 수 있을까

☾ 어떤 시인은 내가 태어나기 2년 전 센강에 투신자살했다. 그는 자신을 고문한 자들의
언어로 시를 썼다.

이태원

시커멓게 기울어진 골목
익사한 심장들
누가 이 길에 흰 꽃잎을 뿌릴까

내 목젖을 도려내어 먹이고 싶다

키워드

방과 복도와 문이 있었다 어떤 문은 열지 못했다 서리가 내려 너무 뜨거워 손을 댈 수 없었다

복도를 지나 들어간 방을 내 방이라고 했다 낡은 가구 곰팡이가 슨 침대 한 개의 창도 나지 않은 벽 진한 습기 엄마 왜 여기예요? 엄마는 아랑곳없이 집을 꾸미고 가구를 들이고 사람들을 불렀다

어느 방을 열어도 사람들이 회의를 하고 잠을 자고 먹었다 찬송가를 부르고 예배를 보았다 지난 세기의 유령이 장난을 치고 있었다 복도가 막히고 의자가 움직이고 침대는 붉게 젖었다

문들이 저절로 닫혔다 사람들이 쓰러졌다 감염이었다 너는 네 방에 가라 그 방에는 창이 없는데 썩은 욕망이 드글거리는데

도와줘요 유령이 있어요 사람들이 부스스 일어나 손을

모으고 기도를 했다 미소를 짓는 까만 치아 피로 얼룩진
얼굴

　그게 사랑인가 사랑은

　엄마는 집을 치장하느라 바빴고 방은 끊이지 않고 생겨
났다
　세상의 잘못처럼

　이 집에서 나가야 한다

바다에 왜 가끔 왜가리가 있나

멍멍한 해안도로를
바이크 타고 달렸다
왜가리 한 마리가 바다 위에 떠 있는 걸 보았다
한쪽 다리를 올리고
바다에 왜가리가 있어?

주문을 외웠겠지

우리는 웃었다
검붉은 패디큐어를 발라주다

파도는 물길이 되어라
발목은 손목이 되고
목격자는 증인이 되어라

그게 그거잖아

그걸 보고 오마주라고 하던데

주문을 외우면 다 되는 줄 알았나 봐?

바이크를 팔면서
악마 모양 키링을 만져보았다
비싼 건데…
영원히 안녕인가
자고 있으니 모르겠지

감독이 시를 쓴다잖아
그게 오마주래?
응 이건 오마주야
주문을 외우면 오마주의 오마주가 되기도 하나 봐

왜가리는 어떻게 울어?
글쎄 바다에 온 왜가리는
한강에 온 갈매기처럼
가짜가짜 하고 울지 않을까

슬프다 그건
끼룩끼룩 울지도 못하는 갈매기라니
웃긴 거지 그건
주문을 외우는 왜가리니까

괜찮지 않은데 괜찮다고 말해서?
응 그래서
모두 괜찮지가 않아서
잠만 자는 병에 걸려서

한강에 갈매기가 진짜로 있대
맞아 그게 바로
왜가리가 주문을 외워서 생긴 일이야

가끔은 모든 게
헛소리가 되어버리는 세상

심장을 찢어 여기저기 붙여놓았으니까

심장이 조각조각 흩어지니까

언젠가 가루가

나의 손 작고 약하며 섬세한
혈관에 피가 돌지 않을 때

심장이 움직임을 멈추고
어떤 아름다움 앞에서도 두근거리지 않을 때

영혼이 머물 곳을 잃고
육신이 무너져
다리와 발이 땅을 디딜 수 없게 될 때

그때에도 나는 당신을 기억하고 있을까요

고통마저 사라지고 나면
슬픔은 남아 있을까요

오랜 궁금함이 풀리면
가루가 될 거예요

불구덩이 속에서
언젠가
가루가

슬프거나 화가 나지는 않아요
다만 생각합니다
생각을 언제까지 지속할 것인지

다문 입을 잃어버려
침묵도 나의 것은 아닐 테지만
가루에 스미면
비로 내릴 수 있어요

비는 생각을 할까요

그렇다면 비도 담배를 피우고 싶을지 몰라요
창가에 맺힌 채로
그리운 것을 생각하겠지요

언어도 이별도 멀어지고
사랑마저 희미해져
남은 것은 차가운 유리창에
매달린 물방울

나는 가루가 될 거예요
이별하지도 않고
울지도 않고

거리에 떨어진 갈색 나뭇잎으로
당신을 생각할 것입니다

가루의 생각
가루의 존재

드넓은 가루로서

미국밤나무

아빠와 나는
밤나무가 많은 빌라에
살고 있었다 여기저기 푸르른
밤나무 군락이 보였고
아빠는 밤을 땄다

열심히 밤을 까먹었다 까만
비닐봉지에 담긴 밤톨들

맛이 좋았다

이건 미국밤나무야
미국밤나무는 달라?

아빠가 밤을 따는 동안 나는
밤나무를 그렸다

그리다 보니 온통 바다야

난간이 녹슬겠어

페인트를 칠해요
흰색으로

동생이 밤을 너무 많이 먹었다
동생인가
내 아들인가

이 그림 어때요
아빠는 말을 하지 않았다

바닷물이 밀려 들어와
쌓인 밤 껍질을 적셨다

껍데기만 남은 사랑
아빠 이걸 다 어디 버리죠

아빠가 왜
말을 잊었을까

밤을 먹다가
모든 걸 까맣게 잊었다
배가 불렀다

저승의 음식을 먹으면 돌아오지 못한다

아빠는 왜 안 먹어요
돌아오려고요?

아빠는 여기 살아야죠

밤나무와 녹슨 난간이 쳐진 계단과
바다가 숨죽인

먼 그림 속에

신앙

기도를 했다
신이 있는 게 맞나요?
여러 번 물었지만 답을 듣지 못했다
눈물이 날 만큼 원했으나
들에 난 꽃 한 송이
내 기도로 살릴 수 없었다

신은 담배를 피우지 말라고 했다

담배를 피운다
흰 연기가 분명하게 피어오른다
꿈에서도 담배를 피운다
나는 담배를 믿는다
신보다는

발밑에는 얼음이 사각거리고

물속에 던져질 거란 사실

차가운 잠에 빠진다면
들꽃에게 가서 물을 것이다
꽃의 말로
바람 소리로

우리는 어디서 와서 어디로 가는지

너는 알았느냐고
그래도 사랑은 존재하여서
얼음처럼 가볍게 쩡 갈라진다
깊은 물속에서

언 입술을 건져내는 일처럼

멈출 수 없었다

사랑하고 믿는 일을

사실의 눈

눈이 녹아내리는 밤

낮에 내린 흰 결정들은
보이지 않지

믿을 수 없는 사실은 많다
이상하지만
눈도 사실이다

녹는 것

지옥에도 눈이 내릴까

그 눈은 녹을까

꿈의 눈은 녹지 않는다
그림의 눈도
사랑의 눈도

기억의 눈도

영원히 녹지 않아
영원을 희다

녹는 눈은 오직 사실에만 있다

검게 변하는 눈
디스토피아의 눈

부록

슬픔이여 안녕

꿈속의 집

기억하는 꿈속의 길들이 있다. 현실에서는 거의 잊고 살지만, 꿈을 꾸면 전에 가본 곳이라는 걸 안다. 꿈속의 언덕을 내려오면 꿈속의 집이 있다. 그 집에서 나오면 정류장이 있다. 꿈속의 버스를 타면 다른 동네로 갈 수 있고, 종점에서 내리면 다른 골목이 시작된다.

어린 시절에 살던 동네와 닮은 꿈속의 동네는 꿈꿀 때마다 그 모습이 조금씩 바뀌지만, 집과 버스 노선만큼은 늘 같다.

조금 전 꿈에서도 꿈속의 그 집이 나왔다. 나는 실제 친구와 함께 그 집에 있었다. 현실에는 없는 집인데도 꿈에서는 몇 번이나 그 집을 다녀간다. 집은 방이 여러 개이고, 방에는 동물이 있다. 동물은 개일 때가 많지만 뜻밖의 동물이 등장하기도 한다. 꿈의 집은 대개 낡고 허름하다. 텅

비었기도 하고 매우 혼잡하기도 하다.

그 집의 형태는 꿈꿀 때마다 조금씩 달라진다. 대개는 물 위에 떠 있거나 물에 잠겨 있다. 허름한 동네에서 낡고 병든 집으로 등장하기도 하고, 매우 크고 방이 많으며 온 갖 것이 있는 집으로 등장하기도 한다.

지난 꿈속의 집은 방이 많았다. 방마다 정리되지 않은 짐이 가득했고 사람들이 잠들어 있었다. 나는 씻고 싶은데 비누가 없었다. 어째서인지 사람들이 내게 너무 많은 선물을 주었다. 처리할 수 없을 정도로 많았다. 정작 나에게 필요한 건 비누 하나일 뿐이었는데.

수없이 반복되고 교차되며 바리에이션을 이루는 꿈속의 공간들. 이것들은 무엇일까? 나의 전생일까? 단순히 기억의 혼란일까? 꿈에서 깨어나면 잔상이나 조각들로만 남게 되는, 무섭도록 생생하던 그 감각과 감정을 단지 꿈이라고 여기고 지나쳐도 될까?

혹은, 꿈은 또 다른 현실일까?

공갈단

그날 나는 점심시간 조금 전, 오전 11시경에 병원에 도착했다. 아빠의 병실이 있던 곳은 몇 층이었던가, 그런 건 기억나지 않는다. 아빠는 병실이 아닌 곳에서 소란스레 응급처치를 받고 있었다. 산소 호흡기를 입에 대고 있었지만 아빠는 그걸 자꾸만 손으로 쳐냈고, 엄마는 흐느끼며 호흡기를 아빠의 입에 갖다 댔다. 아빠는 자가 호흡을 할 수 없었다. 의사가 내가 도착한 것을 보고 불러냈다. 어머니가 사인을 해주지 않고 계십니다. 지금 기관지 삽관을 하지 않으면 저대로 돌아가실 수도 있습니다. 바로 중환자실에 들어가셔야 해요. 가족이 사인을 해주셔야 됩니다.

엄마, 사인을 왜 안 해요?

중환자실에 들어가면 하루에 천만 원씩 나올 텐데 너희들에게 어떻게……

그렇다고 이대로 둬요? 폐에 물이 들어갔는데! 숨을 못 쉬잖아요!

나는 차트를 받아 급히 내 이름을 적어 넣었다. 엄마는 포기한 듯 아무 말이 없었다.

간호사들이 기관지에 관을 꽂아 넣기 위해 아빠를 데려갔다.

천만 원이 나와도 어쩔 수 없지. 그때는 이대로 아빠가 돌아가시는 걸 볼 수는 없다는 생각이었다.

아빠는 중환자실에서 삽관을 하고 이틀 후에 회복하여 일반 병실로 옮겨졌다. 병원비는 생각보다 그렇게 비싸지 않았다. 면회 시간에 우리가 들어가면 아빠가 침대에 구속된 채 누워 있는 모습이 보였다. 한번은 손짓으로 자꾸 뭘 달라고 하기에 종이와 펜을 가져다주었다. 아빠는 그 종이에 낙서 같은 것만 잔뜩 그려놓았는데, 뭔가 쓰려고 한 것 같았다. 동생이 한참 들여다보더니 말했다.

공갈단.

공갈단이라고 썼네. 아빠가. 의사들 보고 하는 말이야.

현실은 종종 꿈과 비슷하다. 다 공갈인지도 모른다. 이제 아빠도 없고, 아빠가 입원했던 그 병실과 똑같은 병실도 없고, 숨을 못 쉬면서도 호흡기를 계속 떼어내던 아빠를 보던 우리들의 고통도 엷어져간다.

남은 것은 기억과 감정의 조각 그리고, 일종의 언어뿐이다.

슬픔이여 안녕

오래전에 나는 매일같이 기도를 했다. 지금도 때론 기도를 한다.

기도를 하지 않게 된, 정확히 말해 기도를 믿지 않겠다고 결심한 뒤로는 가슴에 검은 구멍이 크게 뚫린 기분이었다. 나는 30여 년의 내 삶을 통째로 부정하고 그 삶에 등을 돌렸다. 매일 기도하던 삶, 정해진 무언가를 지켜야만 했던 삶, 거기서 자유로워진다는 걸 상상하지도 않았던 삶이었다.

종교적으로 가장 개인적인 사안까지 통제되던 생활 안에서 나는 술을 마시거나 담배를 피우지 않았다. 커피도 마시지 않았다. 콜라 맛 사탕까지도 고민해봐야 했다. 지금 생각하면 슬프고 웃기지만 책을 읽거나 음악을 듣는 것도 가려서 해야 했다. 철학책은 악마의 속삭임이었다.

지금 나는 맹렬히 담배를 피운다. 담배를 피운 지 5년이 넘었는데 아직도 담배가 너무 달콤하다. 하지만 어느 정도의 자유를 얻은 대가로 나는 매일 기도하는 삶을 채우던 무언가를 잃었다. 그건 굳이 말하자면, 맹목적인 믿음이었다.

믿을 것이 필요했다. 하나의 사회에만 속해 있던 나는 그 사회를 벗어나자 급속히 외로워졌다. 외로움과 검은 구멍을 메우기 위해서라면 뭐든 할 수 있을 것 같았다.

책을 믿기 시작했다. 찬송가가 아닌 음악도. 책과 음악을 믿기는 어렵지 않았다. 때론 사람을 믿어보기도 했지만 위험천만한 일이란 걸 금세 깨달았다. 다른 무엇보다 시를 믿었을 때 구멍이 조금은 메워진 기분이었기에, 시를 열심히 썼다. 시간이 걸렸지만 서서히 나 자신도 믿었다. 기쁨보다는 슬픔을 더 믿었다. 그리고 그 믿음의 대상들을 열렬히 원했다.

광화문 교보문고에 가서 시/소설 코너를 돌아다니는 나를 믿고, 카페에 앉아 책을 읽고 있는 나를 믿었다. 조금씩 술을 마셔보고 담배를 피우기 시작하는 나를 믿었다. 어쨌든 믿을 구석이 그것 말고는 없기도 했다. 믿음과 사랑이 결핍된 나를 위해 할 수 있는 건 그 결핍마저 믿어버리는 일이었다.

그 시절엔 늘 내 안에서 울음소리가 들려왔다. 환청처럼. 대놓고 우는 대신 속에 우는 여자를 하나 감춰두고, 나는 슬픔을 갈망했다. 슬픔에 파고들었다.

그렇게 꽤 긴 시간이 흐르자 우는 여자는 사라졌다. 적어도 사라진 것 같다. 아마도 내가 굉장히 큰 걸 버렸기 때문일 것이다. 우는 여자의 눈물을 멈추기 위해 희생과 배반을 서슴지 않았기에. 삶이 두 부분으로 쪼개지는 것, 과감히 선택한 외로움과 고독이 나를 슬픔과 가까워지게 하는 동시에 두 발로 스스로 일어서게 했다.

그리고 슬픔이 옅어지는 지금 내가 느끼는 건 또 다른 공허인 듯하다. 슬픔마저 나를 떠나면 뭘 붙들고 살아야 하나. 때로 전혀 슬프지 않은 나를 보고 깜짝 놀라곤 한다.

멸망을 향해 가열차게

아직도 가끔 콧노래로 찬송가 곡조가 흘러나온다. 자라면서 백 번이고 이백 번이고 불러댔던 곡조와 가사가 잊히지 않는다. 뇌 주름마다 새겨진 그 가사들은 대개 그리스도를 사랑하자거나 하나님의 군대가 되어 싸우자거나 천사가 어쩌고저쩌고 하는 식이다. 행진곡풍이 많고 멜로디가 단순하면서도 아름답다. 고전 음악에서 일부분을 따온 곡조도 많아서 합창 시간에 알토 파트였던 나는 클래식 입문이 쉬웠다. 찬송가를 부른다는 건 아빠의 취미이자 특기이기도 했다. 아빠는 교회에서 멋들어진 합창 지휘자였다.

나는 교회와 신을 믿었다기보다 찬송가를 믿었는지도 모른다. 이제 찬송가를 부르지 않는 대신 시를 쓰는 거라고 해도 좋을 만큼.

그때 부르던 찬송가의 내용대로라면 나는 죄를 아주 많이 짓고 있다. 매일 아침 커피를 마시고, 담배를 피우고, 술도 마시고, 이웃을 사랑하긴 개뿔. 내 맘대로 옷을 입고 갈색으로 머리를 물들이고. (교회에 다닐 때 소매가 짧은 옷, 무릎 위로 올라오는 치마를 입어서 또는 머리를 갈색으로 염색해서 혼났던 적이 있다) 겨우 그런 것을 위반하는데 죄책감을 느껴야 한다니 어처구니없지만. 어쨌든 하지 말라던 것들을 이제는 맘대로 한다. 그들의 논리대로라면 지옥에 가겠지. 상관없다. 지옥도 천국도 내 마음속에 있다는 걸 알아버렸으니.

요즈음의 나는 현실을 대체로 비관적으로 본다. 민소매를 입는 것보다 더 큰 죄책감이 들 때가 있다. 매일 버리는 플라스틱과 비닐 쓰레기들. 내가 내뿜는 이산화탄소. 내가 짓밟는 나무와 풀들. 사라지는 꿀벌과 나비들.

새가 없는 세상을 상상해보곤 한다. 눈이 내리지 않는 세상도. 푸른 나무와 풀들이 자라지 않는, 바람이 불지 않는, 인간이 버린 쓰레기로 뒤덮인.

뭘 해야 할지 하지 말아야 할지도 잘 모르겠다. 나를 비롯한 지구의 인간들이 멸망을 향해 가열차게 나아가고 있다는 느낌이 들 뿐. 이대로라면 찬송가로 내가 수없이 노래해야 했던, 멸망을 알리는 천사의 나팔 소리라도 울릴 판이다.

그럼에도, 사랑

오늘도 개와 함께 공원에 다녀왔다. 개의 리드줄을 잡고 개와 이야기하며 산책을 하면 꼭 개와 손을 잡고 있는 것 같다. 개에게 끌려가기도 하고 개를 잡아끌기도 한다. 개는 힘이 세서 나도 팔 힘이 세졌다.

개는 올해 6월이면 다섯 살이 된다. 늠름하고 다정하고 주책맞고 목소리가 크다. 개는 감정을 숨기지 않는다. 맑은 눈동자엔 호기심이 가득하다. 그리고 개는 나를 사랑한다.

누군가가 나를 사랑하지 않을까 봐, 아무도 나를 사랑하지 않을까 봐 두려워했다는 걸 개를 통해 알게 됐다. 개가 나를 사랑한다는 사실이 너무도 확연해서, 의심을 가질 수 없게 당연해서 나는 외롭지가 않았다. 외롭지 않다니! 놀라웠다! 내가 사랑을 믿게 되다니.

신을 배반하고 나서, 나는 사랑 역시 단지 꿈이거나 만들어진 관념이라고 생각했다. 내가 누굴 사랑하고, 누가 나를 사랑한다고 완전하게는 믿지 않았다. 그런데 개를 사랑하게 됐다. 그리고 받아들였다, 개가 날 사랑한다는 걸.

그러자 내가 다시 사랑할 만한 사람으로 느껴지기 시작했다. 신의 규율을 지키지 않아도 나는 그냥 나 자체로 사랑받는 존재라는 걸. 신이 날 사랑하지 않아도 내가 날 사랑해줄 수 있다는 걸.

개와 산책을 하며 나는 수많은 기쁨을 느낀다. 파란 하늘 아래, 부서지는 햇살에 눈부실 때. 눈이 소복소복 오는 날 귀를 펄럭펄럭하며 눈을 터는 개. 그 많던 밤하늘과 반달, 보름달, 손톱달과 별 몇 개의 먼 빛. 붉어진 내 뺨을 때리는 차가운 바람. 나무, 매일 봐도 매일 다른 표정을 짓는 나무들, 매일 다르게 피어 있는 꽃, 풀, 길에 쌓인 낙엽을 아삭아삭 소리를 내며 밟는 개의 발. 나와 연결된 세계의 그 아름다움.

어쩌면 나의 비관은 낙관론자의 비관일 것이다. 나는 지금 여기 살아 있다는 것을 아주 좋아하는 사람이다. 함께 살아 있는 존재들을 사랑해야만 살 수 있는 사람이다. 나의 비관은 그러니까 삶을 너무 좋아해서 생겨난 슬픔이다. 너무 사랑해서 못 견디게 슬픈 것이다.

이 모든 사랑이 한순간의 꿈이라 해도 좋다. 꿈이 현실이고 현실이라 믿던 것들이 꿈이 될 때가 분명히 올 것이다. 그걸 다른 말로 부른다면 죽음이겠지. 죽음을 가까이 느낀 지는 오래되었다. 삶이 끝없이 계속되지 않는다는 것. 그걸 알기에 더욱더 사랑한다. 사랑은 꿈과 비슷하다.

그리고 꿈은 시와 닮았다. 나에게 시는 꿈을 번역하는 일이다.

시가 꿈이라고 믿는다. 시가 현재라고도 믿는다. 시를 믿는다.

믿고 사랑한다, 열렬하게.

아침달 시집 31

8월의 빛

1판 1쇄 펴냄 2023년 6월 12일

지은이 박시하
편집 송승언, 서윤후
디자인 한유미, 정유경

펴낸곳 아침달
펴낸이 손문경
출판등록 제2013-000289호
주소 03980 서울시 마포구 성미산로 153-16, 2층
전화 02-3446-5238
팩스 02-3446-5208
전자우편 achimdalbooks@gmail.com

© 박시하, 2023
ISBN 979-11-89467-87-6 03810

값 12,000원